世界が終わる時かなしい日に

山下一路

書肆侃侃房

世界同時かなしい日に＊もくじ

装幀　山田和寛＋竹尾天輝子（nipponia）
写真　山田和寛

I　世界同時かなしい日に

世界同時かなしい日に

モニターでなく新型の歩行器で海へつながる道にむかう

海岸でひろった貝殻をならべた店がつぶれている江の島

君の窪みをなでて叶えられない九条みたいな全体を想う

「ダイジョブです」と言われ渡し損ねた革命戦争のビラにぎる

君のため生まれたんじゃない月光にひきずられているパレード

しらぬまに背筋まがっていたかもしれないエレーンは雨にうたれて

だれひとり殺さない驟雨のなかにずぶぬれで立っている花の役

蹴とばした石がサファイアたがいに庇い合わない町の劇場

オフェリアの役をする君の唾を浴びるほどに近付きたかった

自粛の朝にふたりで蜆を食べてエチュードは始めから暗い

テイクファイブまで行ったのにダメ出しされた夜のフォーメーション

郵便ポストのように自販機は無くなる自販機の下の世界も

サイレンと回転灯の町内をストレッチャーで搬ばれる「お急ぎですか」

ベッドの下にかくした尿瓶から溢れるほどのキバナコスモス

どの位置からでもパトラッシュの具合がみえます弱っているのが

病室の少女の信仰が滅びないよう荒野に咲かすシャコバサボテン

ジャスミンの香を思いうかべられない夜スープヌードルをつくる

世界同時かなしい日に雨傘が舗道の上をころがる制度のような驟雨

ひとりひとり孤独をたもち自然公園へでかける雨垂れを避け

アフターもビフォァアも暴動に出かけていかない金魚の絵のサンダル

だれも傷つけたことのないゾーリンゲン　青春が終わってしまう

ボクの背に取り付けられた外階段とり返せない月がのぼる

帰れない「さとふる」から届く和牛この国に無かったカクメイ

主語は帰りましたwhere's the beef？きょうはコロッケにします

「肝心なものはどこにあるんだ」（Wendy's CM）

あたらしい憲法あなたに用意しました　ザビエル踏んでください

「みんなのためにできることさがしましょ」手を挙げさせる子供教室

シンバルしか叩けない猿がフリーマーケットにならぶ三密を避け

かろうじて耐えた孤独が珊瑚樹をのぼっているのが下から見える

砂浜に赤いシャベルと黄色いバケツもういちどやりなおす資本主義

だれもいないスタンドで赤い把手をにぎり満タンの海へむかう

浜辺　で、蛸になる（抄）

幸せより「じゃないほう」の月面舐めて格差の話をしてる

キミの両足に挟まれた空っぽのチェロチェロは人をえらばない

月夜にしゃぶる手羽先　尖った言葉でキミのツバサ傷つける

茶わん蒸しの中の銀杏みたい温かい書きかけの母子手帳

その朝は水際まで追詰められ不誠実なまま　で、蛸になる

正門の空までとどくほど積み上げた拒絶するための長椅子

学校を追われボクたちはアカシアの落ち葉を踏んで三度鳴いた

桜前線に追われた振りして炊き出しの列にだまってならぶ

北陸の海があればなんとかなる背骨みたいに栄養がある

桜草のうえインスタひらく　で、死んだ友人の写真をまねる

人は死ぬと柱になる何も祀らない少し太ったエンタシス

「す」「さす」「しむ」非正規で使役の助動詞にくっつく自己責任

履きなれたパンプスのなかから痛かった正義の欠片《かけら》がこぼれる

軽トラのうしろに乗せた夕陽にタグつけて運べば一般的均衡

浜辺の町でサクラ貝や鸚鵡貝で宝石箱を作って暮らす

ニライカナイと名付けた歩行器を押しボクは辺野古の海に戻る

脹脛《ふくらはぎ》にサロンパス吹きつけてボクたち何度でも種を蒔く

アカウントは無効です全ての信号機をチェックしてください

プラスチックの米櫃のなかで（抄）

われわれの疫病《やまい》ではないと吼えている夜のどうぶつ公園駅

嘴のおおきな王様ペンギン「飛べない鳥の鳥類図鑑」（表紙）

キリンや犀オオトカゲどうぶつの足跡だらけどうぶつ霊園

歩道橋の手すりに点字があって〈けやきざか〉か、読めないけれど

隣りで「死んだふりした蟲」の話してる母さんコメツキ蟲の

花瓶を投げる機会を失くし妻はまっ直ぐな目でスーパーに行く

ひと粒くらい逆さでもイイとおもう蚕豆のその黒い部分

アヒルと元水泳部の妻なにに耐えているか浴槽に浮かぶ

交叉点に投げいれられた黄色い浮き輪みんなで空気をいれる

貧困に自己責任があるのではないかと考えはじめる蕺草《どくだみ》

真っ白な項みたいな九条葱がアブラムシで真っ黒になる

天馬博士のしっぽい深い闇にアトムがのこしていったウンチ

たいせつな藁にくるまれ納豆みたいな糸を吐く子供たち

暮れのこる独法の金網に絡まってなんども咲くクレマチス

パルチザンやコミューンの話のあとで未使用のまま翼を畳む

ホントに資本主義は終わるの？箸でつまんだおやつはカール

いちばんこわい幽霊にはいちばん不幸なエビデンスが必要

貧しくてもいいポジションがある「無窮花《ムクゲ》の花が咲きました」

歩道橋の先に海がある〈にほんかい〉か、見えないけれど

・・・・・＊

子供にただしい箸の持ち方を教えるボクを落とさないように

Ⅱ　世界同時晴れた日に

昭和レジデンス

あ、いまのテレビでかんたんに弱者側にふりわけられている。ボク

日高屋に突っ伏したオヤジの上をズンズン手渡され行く羽根餃子

インン毛に白髪が混じってもう愛してるなんて言えやしないさ

罅のある白い陶磁器のなかでもてあそばれているグリーンガム

高みだからこそみえる孤独がある　神楽坂昭和レジデンス

世代かん格差是正したいのでもう少し詰めてくださいます困の側

ぷぷプリン体

かわいいふりしたって君はプリン体をおおく含む食べ物

血圧と尿酸値ひきくらべ自分が老廃物とわらい合う　再会《また》ね

美味いもの好きなものは身体に悪い歌みたいなぷぷプリン体

役割がわからないけどひだり足ひとさし指は痛くないです

そんなところがキライ

一字アケみたいに机の上のスイトピー吹き抜けてゆくつむじ風

父のように軍歌うたっていた（沖縄を返せ）湯船に湯あふれ

テディベアの話しし終えた母さんがお父さんの部屋にいった

悪い夢をおもいだそうとして濡れたパジャマで海からあがる

ひとそれぞれにかんがえ方がある鎌鼬そんなところがキライ

ぬらりひょんと一緒

強烈な愛が欲しくて木蓮のつぼみテイクアウトするヒヨドリ

「カネでしょ」って言われて結局はみだしたままぬらりひょん

定価がないのに「値下げしました」の自販機に描かれている百円

重い石を抱いてあたらしい家に移ると玄関でぬらりひょん

ロング・グッドバイ

別れるなんてできやしないさチャンドラーが通う禁煙外来

いつものキャットフードがないマーロウの口元にモザイク

分煙コーナーをでると電子煙草のボガードに脛を蹴られた

喫煙を本気で見せています。　シルビア・クリステル

これは食べ物ではありません口から溢れだす倫理です

太陽政策

不幸な北のひとを開放したい　北風がきみ太陽はこちら

もう「平和の党」やめました町内会「犬の糞」で盛り上がる

耳かきのお尻の綿毛いれられて耳はよろこびにふるえています

いつまでも大国だと思っているきみとの職場とてもたのしい

きょくたんな貧困の記憶は手元にありませんボクはちがうので

緘黙教団 We selected a mass suicide

きみはなぜ森をえらんだのですか海の見えない場所にすわって

だれひとり説得できなかった選挙に行くきみのうしろにくっ尾いて

星条旗に星がひとつくわわったゆう焼けのグラウンドに起立する

エリー・マイラブ

武具馬具武具馬具三武具馬具夕闇に突っ立ったままの非戦

更新されていない君とのアドレス秋風秋雨ひとを愁殺す

クラスカーストの底辺で噛みちぎったトンボ鉛筆ならべる

太郎の上に圧力次郎の上にも圧力眠りのうえに雪はふりつむ

それぞれに幸せな色えらばされダミイ・ポケット縫いつけられる

この行列は二月の雪に似ていてぐじゅぐじゅとボクの靴に貼り付く

エリ・エリ・レマ・サバクタニビッグエッグがあった場所に並んで座る

2040年

それロボットの作業です　斡旋でアイデンティティのこと言われる
絶望的信頼の混ざった九条に似ていてカフェオレを飲む

貧しいことに気づかないままボクは樹木と牡蠣におおわれています

海外に商社でゲンパツ売ってます降りそそぐ大河に「ナマステ」

突堤に立つ電機プロペラ自分のためにまわってもイイですか

手にあまる不幸をサザエさんは持たない家族にはじける鳳仙花

ビーマイベイビー

ボクは普通の人なのであぶないですそんなふうに見られていたら

お腹突き出して白人がグラウンドゼロに立つボクには念力がない

父さんと草原の家を建てようWi-Fiでふたりがつながるような

いつもおなじ顔ぶれの集会が危機だとおもう　口語に疲れて

きょう繋がるひとをクリックするイイねイイねイイね季節はイイね

どこでも持てる希望はいつでもやめられる希望　牛肉のしぐれ煮

いつから Be My Baby たった三回のキスでうばわれている自由

あらかわ遊園

傷ついたきみを釣り堀にリリースすぐに自由な鱗がひかる

ペンギンが隣にきて魚籠《びく》を覗く　空を見あげて小便をする

外来魚《がいらい》の鯉ゆったりと尾を振って沈みはじめるおさかな池に

この国は賛同しません

ないよりはだいぶいい虫コナーズ　ぶらさげているヒロシマの鐘

母さんとおなじ夜をすごしていいます長いショートステイの夜を

全部なかったことにしてスカイツリーで飲むハート・ラテアート

車道に向かって濡れているベンチ「あなたの考えはかたよってます」

メルカリでインコを買う年金受給期間より長寿のインコを

荒川に油をうかべてじぶんを映すおーい雲そこに生き物はいるか

ピンク色の夢におちてきた白いのがセキセイインコの糞です

現状にあわせ修辞の傘をさす濡れないように嘘をあつめて

字たらずなので「は」をいれてなんとなく人生になる「へ」でどうだろう

Ⅲ　新しい戦争がはじまる

新しい戦争がはじまる

ああいそがしい忙しい戦争はとにかくいそがしくていいな戦争は
マザー・テレサとナイチンゲールどちらが好みですか見詰められたら

ボクにいちばん似合う死体はどれ茄子の鴫焼の美味しい季節

エビデンスがほしいんだよ

吐きだした芙蓉をティッシュに包み母は素知らぬかおで夏にもどした

出席番号2番のやや暗い荒井（女）の乱　ブクロ不純異性交遊

アタシの方がアナタを愛している　抑止力で熱い舌をいれる

［大富豪］佐久間詩織さんから二億八千万円振り込まれました

生きているエビデンスが欲しいクラゲで海が覆いつくされる前に

「いつから分からなくなりましたか」森塾の先生に問いかけられ

スワンボート水没ちゅう

燃えているスワンボートにすがりつき濡れないように持つメロンパン

失敗したので海に行きます　ボクはいま発生したバクテリア

立ち退きの少女の家からスカイツリーを倒すゴジラが見える

飛んできて窓にぶつかるスズメ何の保証もない朝にめざめて

空き家になった頭《あたま》の所有権者がいっぱいで取り壊し出来ない

「絶望は終点ではない」という朝刊のコラムから読みはじめています

中心がどこかわからないポピュリズム鉛筆の上に乗せてみる

もうすぐですね

エビアボカド軍艦あふれ春の日のタルタルソース変な感情

中国共産党に筒抜けのファーウエイのスマホつかっています

資本主義は悪だと教わったツチノコ探しに行く日比谷公園

手のとどく範囲の戦場に行くジョイスティックかるく握って

生きている陛下と死んでいる陛下がすれ違う銀杏なみきで

君がさみしいときに飛来する青山の燕の服で空を売るひと

きょうも新聞はお休みです
それぞれの言葉を海に泳がしてとどかずにいる夏の浮標《ブイ》まで
かってに立っていればいい電柱みたいにこころを地中化して

敗戦の日に縁側でプッと吐いたスイカやはり発芽をしない

チャーハン半ラーメンと半チャーハンラーメンに悩むのは自由です

朝刊の「声」の欄につつまれて緋鯉は明日まで生きようとする

星をかぞえる仕事のこってませんかロボットに斡旋するまえの

誤差のない夢の九条をロボットが組み立てている星の夜

カンナとゴジラ

カンナ8号線で逆走見ました口語的終止形で過ぎ去る夏に

うすい牛乳を頭からながしてヒロシマから歩いてきました

「他所はよそ、家はウチ」虫歯ひとつないゴジラみたいな星空

ローカルな話しで恐縮ですが

少年よ大志をいだくなその島は「戦争しかないじゃないですか」

我慢して言わなかったこと憲政記念公園の石は冷たい

石鹼が泡立たないよう権力は修正をする夏のヒロシマ

背中のホックがはずれてシチズンみたいな歯車が見えてしまう

「どうか私の顔を食べて」アンパンマンからみんなで逃げた授業中

このまま心不全で去《い》ったなら遂に役立たずでしたアフラック

世界同時晴れた日に

生き抜いて霜降る窓にへばりつき光りを集めに来たミナミカメムシ

雪解けの山から搬ばれてきたボクの鼻にイッポンシメジが芽生える

歯列矯正をした少女がつながれているサーカス小屋に打たれた杭に

むかえに行くよ　世界同時晴れた日にビーチサンダル履いて海まで

ボクの中でやさしいのが内臓で少し硬い部位がこころです

「かなしゅうて悲しゅうて」強炭酸ふき出してるマッコウクジラ

南の島で父の落とした勲章をボクが拾う死んでも星は増えないのに

Ⅳ　ジンタカタッタカタン

ジンタカタッタカタン

街道の銀杏並木で御料車のトヨタセンチュリー黄色に染まる

そこに愛はあるか領土はあるかばら撒いている銀の粒粒《ツブツブ》

（1900年治安警察法公布・梅毒新剤「毒滅」発売）

水銀は使っていません花街にビスマルクのカイゼル髭がすごいぞ

（1927年金融恐慌はじまる・28年ラジオ体操開始）

『赤小粒仁丹』サフランを倍化しています「ご婦人に適す」

満州の虫歯に銀の仁丹詰めこんで朝霧のなか我慢している

（1937年南京虐殺・『君たちはどう生きるか』吉野源三郎）

全国一周に飛ぶ宣伝隊「仁丹号」は鳴たつ沢の盧溝橋まで

こころの悲しい潮溜まりくるぶしの上まで濡らしている引き潮

（1952年中部・新日本放送・53年日本テレビで仁丹の宣伝放送）

ジンタカタッタダークダックス小さな春を抱えて海を渡れば

ゲンカイの集落に春が来て「桜を見る会」のいる戦後処理

千人の兵を見捨てた父たちの乗る引き上げ船「速記を止めろ」

（２０１４年集団的自衛権・16年紅白で椎名林檎『青春の瞬き』）

干潟までつづく欲望のアンビバレンツ濡れたパンツ押さえて

だれだって死にたいことのある飛行機雲「冷やし中華あります」

魚の目に花粉症

震えながら水面にしずむメガネを店員と見る春の特売

マスクをかけたままの世界戦争花粉まみれの眼鏡で見る

家族を顧《かえり》みなかったボクが八階の料理教室に通う

赤く光ってて〈なんだ〉どこにもつながっていない非常ドアですね

この世の終わりでしょうかフッと飲みたくなってしまうポカリスエット

ああやはり「なりけり」ですか、ボワッとした世界観に慣れてしまえば

手をあげるミヤマクワガタ両方に手を挙げるのを自由ときめて

アンダークラスのボクたちが貼っては剝がしているピップエレキバン

レーゾン・レプリカ

肩のうえのカナリヤが息をしてない大丈夫ですって言ってたのに
ディストピアがただの裏返しなら丘のうえに咲くクロッカス

エロス＋虐殺のさみしいロゴス　この国で革命を見た人なくて

世界中のベロが渇く（マスクで）コロナ後に容易く組み込まれ

コロナの星でおぼれる

父母たちからあふれでたものでなく知らないものを集めて暮らす

ショパンの雨音の飛び散る範囲をきれいにみがき便座にすわる

鮭の焼いた皮がいちばん旨い人生の終わり頃になんとなくわかる

オエーって青い林檎に噎せながら世界をもどして朝がはじまる

ボクはいやしい子供で専門家委員会に騙されたいのです

なーんだ回転木馬《メリーゴーラウンド》が追い付けないのは最初から二メートル離れていたからですね

愛憎や信頼や平和のうしろ✖くっついててひとつ空ける

かわたれの吉野家で✖をはさんで並盛を食う紅生姜のせ

水槽にアルビノのメダカ育てているやはり白鯨はいるとおもう

無症状な✕をボクがポトポト落としながらあるくコピー機まで

夕焼けの切腹みたいに病棟の上に浮かんで雲のはらわた

樹海の下でびしょ濡れのAmazonを呼びだしている不在通知の
生きてることが副作用イソジンでだめなら葛根湯どうでしょう

あるある公園で

この町を出たらボクラは終るあるある公園の椅子で待ちながら

内側に埋めた臓器そとで繋がる臓器のうえを風吹いて来る

あんな馬鹿がいたから救われていたカラスの散らした焼きそばパン

病んでるのは肺だけじゃないむかしもっと酸っぱかった夏蜜柑

甘藍に雨　残業の母の買ってきたカット野菜に光よあたれ

エレーンは元気ですか

茅葺きのぶんか遺産の廂《ひさし》から雨にかかげている星条旗

突然死をもうあきらめてクリーム色のペースメーカーを埋める

ばらばらな五人の農夫ブリューゲルとともに滅んだ一次産業

腐りやすい母のつくったジャガイモが入ったバーモントカレー

アンドレ・ジッドを読んだ教室を出るキレイだったボクの先生

ブラックバス・ブルーギルをプールに放しに忍び込む夜の学校

武勇でんでんでんでん

耳朶がちいさいから不幸になる　ホントは好いやつだったんだね

「負けてこそ勝ち」わからない論理シロナガスクジラの背なかを流す

自粛あけ元気に多田工務店の息子が逆光のなか生きている

心臓のヤツばらばらばらに脈打ってなんかこの国ちがうんだよな

声をかけると逃げてゆく子供らに蜃気楼のようなマスクを掛ける

石壁で笑ってるバンクシー永遠のサブカルなんてありゃしないさ

東京天使病院

金魚みたいにパクパクするため無呼吸に適切な圧を調べます

天使病院特別療養環境室でオームみたいな端子付けられる

あたたかな名前の治療器具手放せない夜のともだちCPAP

お取り寄せの世界

なんでもお取り寄せのできる世界だけど銃がなくても人は死ぬ

産卵を終えて失う光がある　群れをのがれてきた蛍烏賊

ホントのボクにはお兄さんがいて靴を磨いていたかも知れない
自販機を乗せたブロックに顔おし付けて落ちている硬貨を拾う

V　舟を出す日に

サフラジェット記念日

昔も今も紫色《むらさき》の髪のおばさんがたしかな意見を持ったおばさん

どこで始めてもいいということはどこで終わってもいいということ

ガラスの粉を浴びてキミの笑顔キラキラはんぶんキズついている
お供えの花束を交番に投げつけるこのまま死んでもかまわないように

スーパームーンの夜に

三年ぶりスイカつかってスーパームーンの夜キミに会いに行く

水晶や水牛にアイデンティティを篆刻する技術立国

失くしたものを忘れたものとして話をつたえる仕事をさがす

このまま二人で暮らすのかと思うと涙のでちゃう月食の日

キューちゃん

水色はみずの色でないのを知ってみえるものしか見なくなる

ボクの儲けたお金がボクのためのお金でないことを学ぶ学校

見えてないとこで頑張るキミから見える職安通りの百日紅

ボクの労働生産性は上がり隣のラインの木村が解雇された

ウサギと走ったり穴を掘ったり蓄えた木苺を銀行へ預ける

長雨で大きくなり過ぎたキュウリを胡瓜のキューちゃんにする

スーパーアルプスで買い物をした夜にキミと話した

星にふたりのなまえつけるなんてどうかしてる企業でもないのに

スーパーで買ったレジ袋をポケットに入れスーパーで買い物をする

どんどん自分が小さく見えるミラールーム反対意見が言いづらい

ゼロ成長のキミを残してオージービーフの分配について話しはじめる

スーパームーンの夜キミの家でさみしくて死んじゃう鳥の話しする

あんなにはたらけた仕事にもどれるなら資本主義つづけます。どうも

ただしい資本主義について

それぞれが正しい意見で意味のない花をつけているワルナスビ

おたがいをおもう気持ちが精一杯で苔生している澁澤邸

駅前に散らばる鳩とボク達が入れ替わる多様性の街

五十年まんなかの孤独カウンターの端っこへ追詰められる

メロンソーダに佐藤錦いれても本来のチェリー味にならない

キミの漬けたキュウリのピクルスが母親みたいに立つ壜のなかに

ぎなのこるがふのよかと
（残った奴が運のいい奴　「革命」谷川雁）

心の空き地に継接《つぎは》ぎの家を建てて屋根に星を付ける

自分だけは生き残るとおもって一斉に飛び立つツグミ

自分だけ脱けだせるとおもえない不安ツグミが墜ちる

超高速で雲が森に流れこみ逃げ込んだ鳥がギョエーと鳴く

青空の畳まれた海で革命のない七月・十二月の窓を閉める

無呼吸症候群の夜

おやすみオルニチンおやすみ枕もとで胡桃色している倦怠

ボクの部下に似ている牧羊犬が布団に潜り込んで寝ている

垂直な夜の雪雲を頬に押しあて喩にはならないと叫ぶ

総武線の窓から天狗巣病で殺された桜並木が見える

諦めたボク等を嗤い神田川を逆上がりで出てきた裸足

やがて（外付け）

スギ花粉のあとヒノキの花粉オマエ先に行けなんて言われる

イチゴフレーバーな春の訪れ切っても血の出ないナイフ構え

春の吐息ぽうぽうと芽の無い挿し木だれも守らない戦闘機

桜田門外で斬殺された駕籠かきボクの曾祖父にあたる男

豆乳は身体に好いだなんて立派になったらそれこそお終い

ボクの平和のためキミの平和が滅ぶホボカニ酢醤油につけて

カラフルペイント

検定済み教科書を花壇に埋める虐殺のない春に生まれて

ボク等の平和を守る戦争カラフルペイントなヤドカリの国

ひらべったい夏のはじまり多摩川をデニムの親子に占領されて

胸郭に春のみず夏の水すい込んで虚無をかかえる蓮根の花

舟を出す日に

悪夢のセールスマンカシスサワー置いて黒い鞄から防毒マスク取りだす

ふらふらと母飛んできて蛍光す説明ばかりの映画みたいに

世界同時雨の日は白鳥にリボン結び舟を出そうとおもう

また一人少女凌辱されるの見過ごしてしまう傘の中から

ブッチャーみたいに血を流す死にたがりなあいつの名前でてこない

ひとの手で改造された文旦の白い綿のなか静かに眠る

勝ち負けじゃなくてウクライナに九条はできない掛布団を蹴る

これから暈《ぼかし》の入った家族の映像がながれます思い浮かべて

増強・増強・増強

死体を映さない虐殺の戦場を流され　自分の家族ならどうする

蓮根に空洞があること國よりさきにボクは窒息させられて

棒立の歌みたいなミサイルを突き刺す排他的経済水域の沖へ

薄明にフリーメーソンのはなしキミが国連を解散させる

山笑う救急車に乗った死体がありがとうと親族に言う

あれは勝鬨橋　燃えながらサイレンを鳴らすこの星は緊急車両

Ⅵ　全世界同時夕焼け

赤いハンカチの王国

昆虫館で翅をこすってぎりぎりの繁殖ですねと手をつながれる

背なかのコンセントはずし階段をひきずってゆく月の力は

あさの公園であかい星たべにきた大蟻喰いに鉢合わせする

聖橋わたれないよと夕焼けで眼を洗っている青い鬼

葬列は長くチケットは足りないボク達と街の朽ちる速さがおなじ

死体の映らない虐殺の場面で家族のため国を守るテロップ

多摩 zoo のヌーは臭い夏の人間はそれより臭くもっと悲しい

勝鬨橋から

遠くに浮かぶ離島を目指し膝に溜った海を泳ぎつづける

パトカーを振り切る雨の国道マケナイでもっとスピードだして

国道をふたりでわたり震えながら音叉になって海岸に立つ

仔犬を育てるのに飽きた子供を置き去りにしないための絵本

閉まったままのロッカーが心配な隣りのロッカー下のロッカー

燃えながらサイレンを鳴らす緊急車両　お母さんあれが勝鬨橋

鳥は川面をわたって

撤去予定のもみの木にコゲラ頭を打ちつける連打連打す

するんするんとあたたかい血の鶺鴒がすれすれに川面をわたる

絶望して鳥になる酒に浸した米粉をつつき何度でも死ぬ

地域のみなさまに愛された小鳥の「小さなお葬式」を終える

春の陽に青大将は夢をみる二個の鶏卵溶けいくまでを

吾亦紅あかりを点けて花畑兄姉二人ならべて埋める

亜細亜という言葉が苦手その、それだけのことをしたので

ホロホロの信じていた飼育員が羽を　抜くなヨ俺の羽を

国連が届けてくれたウーバーイーツ戦場でも崩れない豆腐

お持ち帰りにします

STAR WARSのエピソードならいくらでも☆彡こわせたはず花のない☆彡

ニュースで少女にいたずらしてたアメリカが守る鹿尾菜のある食卓

繰りかえすことで効くボディーブロー　白いご飯に明太子

かわたれの総菜売り場にペタペタと半額シール貼るお仕事です

めっきり見ないペリカン便　母さんの消えた街を迷いつづけて

世界樹がふるえながら葉を落とす　木の股の形状きそいあい

たゆみない工夫と研鑽の親子丼親子しあわせそうに見つめあう

この星に

戦場はルサンチマンのスクランブルＰＡＲＣＯ本気で墓碑にするまで

おたがいがおたがいさまで偉くなる秋のうしろで笑うヒイラギ
※２０１７新春題詠「お互い様」

平積みの「うんこ漢字ドリル」本屋さんが選んだ言論大賞

この国の世襲が世襲をとり囲み天皇賞秋は重馬場

※２０１８年題詠「百鬼夜行」

オージービーフでは不可能な牛肉「どまんなか」へむけて旅立つ

この星に投身をする少女のように海底へ降りてゆくレジ袋
※2020年題詠「塵も積もれば山となる」

ボクの胸に叢祠《あな》あってもそこから巣立って帰れない梟の群れ

新しい資本主義の朝ぐちゃぐちゃ納豆を混ぜ泡立つ世界

水銀の海に溺れてユニクロの試着室から出られぬアリス

※2022年題詠「鏡」

ボクはやれるだろうか総力戦ヒメジョオンって差別的な気が

全世界同時夕焼け

全世界同時夕焼けに顔が染まる少し塩味が強いけどここが廃墟だ
サランラップに包まれてキミは伝えたいことだけをブーブーさせる

カブト虫ステゴザウルス幽霊の折れる子供が折れずにいる千羽鶴

地域限定の愛を探しに稚内を行く風に吹かれてスーパーにも寄る

この村に自由や自治がありますか菊の手帳をもって彷徨う

抜けてゆく空気に心配はいらない空気だけで窒息しちゃう

腫れた手でボクの頭をなでるバルタン星に降る「味の素」

朝の祈り「元気があればなんでも・・」家族で掘る炭鉱

春の道ころがっていく青魚ホントの友達はいない海の中には

夕焼け病のボクに疫病のトマトいっしょに枯れてくれとせまる

出ないのは涙じゃないI CAN'T BREATHE市民葬儀場燃えているか

『あふりかへ』（抄）

（『あふりかへ』１９７６年　視原社）

あふりかへⅠ

ちちははよなおくらくあれ雪しみる海のかなたに鯱を見にゆく
水脈ひく長須鯨を呼ぶらしも少年に牡丹雪のふりかかり見ゆ
まんもすのことごとく溶けゆくにちじようをきみとじっと視ていし
胡頽かめば帰らざるたたかいにきみはでてゆくまっさおなあふりか
手つなげる鬼追い詰められて少年が虹せおいたるまま杜をいできし
ああ汽船ゆきてしまうを岬にて銀の鏡をゆらゆら沈める

あふりかへⅡ

耐えかねてゴリラの吠ゆる夕映えを久遠の雲が流れ越すなり

ふたりしてあすは雨かよ茜さすアフリカ象の鼻骨しめれる

びかびかの星にもなれぬ水煙をあげて来たりし象は倒れき

少年のためのキリエ

あわれあんどろめだの雪あふれきて彗星のひくきひくきまどい

菫食む牧童の肺やみし頃　少女はひつじまっさおに塗り

むささびのもつれて飛びぬ少年は反響の森に海恋ゆる日々
独活は少年の裸足のように　伸びゆく少女の髪ひらくころ
とろとろと少年の嵌まりゆく沼　銀のフリュート沈めゆかしむ
ぐりこ　ぱいなっぷる　ちょこれえと　もの凄い海をみにゆき
腥くなまこに檸檬はしみいたり血まなこのなみだきみはしている

エミリーの手紙

まぬがれて窓開けはなつ夕凪にしろきましろきくじらを待てる

きみの劫《カルパ》もそまりてゆかな時のなみだ Bourbon の海に沈めて
いつだってかなしい酒を飲むだろう胡桃くるくるくるくるぱあと

星の騎兵

寂寥の白馬《あお》こそ駈らめ一生の星座たばしる髪あげながら
振り返る北の海からがむしゃらな巨星にとどかざる一生を見る
佇ったままでも埠頭となれよ　さらばららばいの空にうたえる

還相の海へ

闘わぬ三千の雲はなちたる海原はかなくてあるのであるか
なんにでも耐えてしまえる心性のジョンよ足《て》をあげるでないぞ
星座より鋭くやせるせいねんの美しき水圧を充ちて見ている
千の檄文来しかども狂乱の浴衣であるぞばっと脱ぎおり
少年の愛の泳法みずぐるま弓なりとなり水くぐる永遠《とわ》

『スーパーアメフラシ』（抄）

（『スーパーアメフラシ』２０１７年　青磁社）

学校の椅子

たいせつなことはここでは教えないと教えてくれた教室の椅子
つぎつぎと夜のプールの水面を飛びだしてくる椅子や挫折が

夜明け前まで

壊れないようにきみを囲んだベニヤ板かたっぱしからバールで剝がす

やがてカナブン

麦秋にさまよっている母さんのきらきらあふれだすおしょう水

なれている子供みたいに柵のあるベッドのなかでパジャマをたたむ

特養にて

かたわらに折り畳み式一生があり展がるたびに水がこぼれる

陽だまりの猫

終わりだと気付きはじめてガタガタと身を震わせている脱水機

ワンス・アポン・ア・タイム

ゴーグルの迷彩服が降りてきてボクにたずねる平和ですかと

レッスン・ワン

撒き散らされたもののため捨てられてキャベツ畑で体をひらく

言いわけの蟬蛻として五万年ぶんの愛情地下に埋める

暗闇に折りたたまれていた鶴をほどくと鉛　三月の空

ジョブシフト

逃げ道が樹海のようにひろがった早朝会議のフローチャート図

からし蓮根

ぬるま湯に肩まで浸かり微振動　洗浄されている眼鏡たち

夏が去るそのさびしさや空白を埋めるためのからし蓮根

　　我が家のちから

お魚をきれいに食べるあなたの口にボクの恥骨はみだしている

ゴキブリの出てゆくまでを遠巻きにわが家の持てるすべての力

　　歯間ブラシ

校舎からアンモナイトの化石を盗むずっとむかしの海の冒険

ながされた理科の表紙の鸚鵡貝だまされつづける国の海図に

マイ・マーガリン

ヨガ教室で体幹を鍛えなさい　樫の樹一本のみ込んでみる

靴墨を昨日の長さに押し出してにょろにょろさせて遊んでいます

発電マット

踏まれると電気になりますその位置でずっと踏まれるマットみたいに

ビードロ買いに行く

夕暮れにじぶんじしんを抱きしめるマーチに遅れたコアラのように
　インコ探しています

ゆずれない一線ひいてみろと少年にスゴまれている小さな砂場

インコ探していますい話せないけどP子と呼ぶと返事をします
　人間だから

カーソルをそのままにして平和を削除してみると変わらない町

理系ですが

張りぼてのような五月の空に流体力学みたいな父さんの鯉
どの場所からでも流されてしまう生活は下りの速い流水算
回転をする世界ハマチ・ツブ貝・アボカド・イクラ戦争

スーパーアメフラシあらわる

とつぜんのスーパーアメフラシ父さんの見る海にボクは棲めない
つまらない一日でしたかゆっくりと明るく強くなれ街路灯

目蒲線沿線にスーパーアメフラシあらわれ青でぬりつぶす

大人用オムツ履かされ父は鰺のひらきのように自己を投げだす

鵙とエジソン

目覚めると「どの指にしようか」尋問でつかまれた左中指

デイリープラネット

人間はちっぽけなものだと五合目で言うな父さん富士山顔で

ヨッちゃんの赤酸イカ

わたしはロボットではありません。わたしには番号があります
白鳥さん悲しいほどに麗子です海のあおさは削除しました

アズマモグラ

蕗の薹それぞれ罅を入れながら春の頭蓋に花を咲かせて

向日葵の時代

生まれつきアゴから上を明るいほうへよじられている向日葵病

閉じられた鎖のようにくちびるを押しあてている窓のサッシに
社会には食うためだけの情熱や努力の後の盛り塩がある

　ボクを戦争につれてって

しあわせな臓器と不幸な臓器に切り分けられて飛行機に乗る
教室の釘に吊るされてるモップ　ボクを戦争につれてって

　愛の告白

順番に十階のフェンスを越えて子供が落ちる　飛べないのだ

ホームの端でハシブトガラス

おちたところから芽が出ると信じてオスプレイのようなアキアカネ

金魚鉢に顔をうつして

ボツボツの黄色い線のうえを歩きつづけて世界の外側にでて行く

東京防災（今《いま》やろう。災害《さいがい》から身《み》を守《まも》る全《すべ》てを）

ずぶずぶとマッサージチェアにめり込んで立ち上がれない量販店から

チェンソーを胸にあてるモクレンはたくさんのびていっぱい枯れる

エブリボディー匿っていた悲鳴をバックパックに詰め町を出る

乗り継ぎで時間をつぶすと駅中の本屋が世界をすりかえている

形あるものうっかりと黄桃からたべはじめるフルーツパフェの

屋上から見下ろすとちっぽけなひとびとがここを指さしている

憲法違反

特快はもうありません酸素ボンベわすれた人は帰ってください

あたらしい少女はあたらしい木に登る
あたらしい少女はふるい雲には乗らない海岸線のある無人駅
たんぽぽのぽぽぽひとつひとつに分散しぽぽそれぞれが春の軍隊

安全水域

青い海まっ青な空どこにも所属していないスタッフジャンパー
この子がおまえの子だと先生に言われ教室の端に立つ参観日
じょうずにおともだちと遊べるようになる排他的経済水域で

水を湛える星のニュース　孤独が力であった時代の終わりに
さっきまできみのいた場所を深くえぐるあたらしい落とし穴の
安全な家庭環境とその周辺にふたりでそだてているアコヤ貝

出典一覧

本編第I章は、粟本慎一郎・三上治責任編集「流砂」（「流砂」編集委員会）より、第二章以降は「かばん」誌より採録しました。

第二歌集のあと発表された歌は約六六〇首ほど。重複などもあり、本書には約半分ほどを収録しました。

なお、「かばん」掲載の詠草は本書収録時にいくつかまとめた部分があり、その関係で掲載時のタイトルの一部が本編では省略されましたが、この一覧には収録してあります。

このほか毎年の新年号に、「かばん」の慣例でタイトルなしで出詠されており、本編第VI章の「この星に」は、新年号の詠草と新春恒例の題詠から選出しました。

【二〇一七年】昭和レジデンス／ハイレゾ／題詠「お互い様」／ぷぷプリン体／そんなところがキライ／ぬらりひょんと一緒／ふううんタケシ城／ロング・グッドバイ／太陽政策／お持ち帰りにします／緘黙教団 We selected a mass suicide／エリー・マイラブ

【二〇一八年】ホントはいいやつなんです／ビーマイベイビー／題詠「百鬼夜行」／2040年／磯野家の事情／あらかわ遊園／この国は賛同しません／かたよったままでいます／新しい戦争がはじまる／エビデンスがほしいんだよ／森の学校／スワンボート水没ちゅう

【二〇一九年】現場から東海林です／私がオジイサンになっても／題詠「赤の他人」／エレーンは雨にうたれて／鬼と昆虫／もうすぐですね／リポビタンD／嗚呼少年の暗い夏／きょうも新聞はお休みです／カンナとゴジラ／タピオカ・ノット・フルーチェ／ローカルな

話しで恐縮ですが

【二〇二〇年】世界同時晴れた日に／世界同時さみしい春の日に／題詠「塵も積もれば山となる」／特別作品ジンタカタッタカタン／魚の目に花粉症／それはコーンフレークで間違いない／レーゾン・レプリカ／コロナの星でおぼれる／行動変容したい猿たち／×の輪につながる／あるある公園で／エレーンは元気ですか／世界同時かなしい日に‥「流砂」19号（十一月）

【二〇二一年】蓼食う虫のコレラ／とりあえずワクチンどうでしょう／題詠「新型コロナウイルスを連想させない歌」／武勇でんででんでん／東京天使病院／お取り寄せの世界／サフラジェット記念日／スーパームーンの夜に／スーパーアルプスで買い物をした夜にキミと話した／キューちゃん／魯迅に摑まって／ただしい資本主義について／浜辺　で、蛸になる‥「流砂」20号（四月）

【二〇二二年】蓼食う虫のコレラ／ぎなのこるがふのよかと／題詠「鏡」／無呼吸症候群の夜／やがて（外付け）／カラフルペイント／舟を出す日に／増強・増強・増強／赤いハンカチの王国／勝鬨橋から／全世界同時夕焼け／すべての旗を降ろして／プラスチックの米櫃のなかで‥「流砂」21号（三月）

【二〇二三年】種をまくひと／鳥は川面をわたって／題詠「大喜利」／対岸から帰ってきた鶺鴒／夕焼け病です

編者あとがき

はじめに『世界同時かなしい日に』を手に取ってくださったすべての皆様に感謝申し上げます。収録本歌集は歌誌「かばん」の仲間四名による共同編集で、故山下一路の第三歌集となります。収録された短歌は、山下一路の第二歌集『スーパーアメフラシ』（青磁社、２０１７年）以降に発表されたものが中心です。加えて、第一歌集『あふりかへ』（視原社、１９７６年）と先の第二歌集からも少しだけ短歌を選出し、掲載しました。

私と山下さんが一番初めに会ったのはいつだったか。小さな声で言いますと、じつは記憶が定かではありません。ただ、私が「かばん」の会員になってからそれほど経っていない頃でした。まだ「かばん」に慣れていない私へ親しげに話しかけてくれた人、それが山下さんだったのです。最初に会った場所はおぼつかなくても新入りの自分に話しかけてくれた人、という記憶は残っているのですね。

山下さんの存在をはっきりと認識し、親しい感情が湧いたのは二度目に会ったとき。場所は２０１０（平成22）年2月に行われた「辻井竜一第一歌集批評ＰＡＲＴＹ」でした。批評会が終わったあと、「やあ、来ていたんだ！」と山下さんが声をかけてくれたのです。また君に会えて嬉しいよ、という人なつこい笑顔で。いま私は「かばん」という歌誌に愛着をいだいていますが、そのきっかけとなったのは、会に入ったばかりの時分、山下さんに声をかけてもらうことで溶け込みやすい雰囲気を作ってもらえたからなのは間違いありません。

ただ、山下さんは私にだけ親しく声をかけていたわけではないのです。「かばん」２０２３（令和５）年７月号には山下さんの追悼記事が掲載されたのですが、会員や元会員から次のような追悼文や寄せ書きがありました。

「初めての歌会で、緊張して廊下をうろうろしていたら『土居さん、さっきこの部屋通り過ぎてたよね？　どこ行っちゃうのかと思ったよ』とにこにこと話しかけてくださり、一気に緊張が解けたことを覚えています」（土居文恵）、「東京歌会に来はじめたばかりの私に気さくに接してくださって、とてもありがたかったです」（高村七子）、「歌会であたたかい言葉をかけていただいたこと、ずっと覚えています」（ながや宏高）、「歌会でお会いするといつも大きな笑顔で大きな声で、でもときどき少年のようにはにかんで笑いながら小さな声でないしょ話をしてくれる、短歌への愛にあふれた山下さんが大好きでした」（桐谷麻ゆき）、「最後に参加された歌会で、私の陰気な歌に『死なないでね』と言ってくださったこと、忘れません」（木村友）。

ここまで書いてきたイメージからすると、山下さんの歌はさぞや〝なごみ系〟と想われるかもしれません。では、以下のような短歌はどうでしょうか。本歌集の共同編者が選んだ山下作品と寸評です。

ないよりはだいぶいい虫コナーズ　ぶらさげているヒロシマの鐘
うすい牛乳を頭からながしてヒロシマから歩いてきました

太郎の上に圧力次郎の上にも圧力眠りのうえに雪はふりつむ
失くしたものを忘れたものとして話をつたえる仕事をさがす

一首目に込められた皮肉は説明不要。二首目は、被爆者の悲願の姿を詩的に描写したもので、「うすい牛乳」は不十分な救済の喩であることを通り越し、薄情が白い血に転じているかのようです。三首目は、かつて山本七平が1977（昭和52）年に出した『「空気」の研究』をどこか思い起こします。超越神を持たない日本人は社会の危機に際して「空気」を作り出し、一切の議論を排除していく、といった内容でした。四首目、「忘れたもの」であればいつか記憶の内に呼び戻すことができる。それが山下一路という歌人が持ち続けた希望であり、綴られた無数の言葉には喪失をも希望に変えていく力が備わっています。

山下短歌は、人々が日常生活を最優先する中で「考えなくなっている事柄」を寓意的にではありますが伝えようとしています。文体こそ軽みを持っていますが、本人はちっとも面白がらず、溜飲も下げず、深く悲しんでいるようです。それは絶望と紙一重だったかもしれません。しかし、「考えなくなっている事柄」は「失くしたもの」とは違います。読者は山下短歌によって耳底をちくっと刺激されつつ、「考えなくなっている事柄」を再帰的に捉えることができるはずです。

では、このへんで本歌集を制作することになったきっかけをお話ししましょう。2023年4月9日に山下さんが亡くなったあと、「かばん」にもその報が入りました。逝去を惜しむ声がメーリングに寄せられる中、同年7月号へ追悼記事を入れる話が自然に出てきました。それを知ったとき、私は考えるよりも先に「ぜひお手伝いさせてください」と申し出たのです。すると、構想は追悼記事のさらに先にまで進んでいきました。ご遺族の許可さえ下りたなら山下さんの第三歌集を世に出してみたいね。どう？　一緒にやりませんか。高柳蕗子の一言でした。

私はかねてより山下さんの短歌は、他に類をみない文体と表現方法、そして批評眼があると思っていましたし、おそらく最も会話を楽しんだ「かばん」の仲間でした。それこそ政治、思想、歴史、文学から、芸能人やグルメの話題まで幅広くです。年の差を超えて親しくできたのは、山下さんが居丈高だったり説教臭かったりするところがなかったから。それに加え、心の平衡感覚を保てる方だったので、安心して会話ができたのです。そんなわけで、第三歌集の話が出たとき、一も二もなく「やりましょう！」と返答したのでした。

とは言うものの二人だけでの編集はしんどそう。それに選歌にはもっと別の人の目も通したほうがいい。そこで高柳と相談し、同じ「かばん」の仲間である沢茱萸と土井礼一郎にも声をかけてみました。すると、二人とも即答で仲間に加わってくれたのです。沢は短歌の創作ばかりでなく現代川柳の句会にも参加して特選を取ってしまう人。土井は第三十七回「現代短歌評論賞」を受賞した人で、2023年の第一歌集『義弟全史』（短歌研究社）も話題になりました。共同編者として心強い存在です。こんなことを言うと不謹慎かもしれませんが、何かロールプレイングゲームで仲間が増えていくような感覚をおぼえ、いよいよ山下さんの第三歌集作りが楽しみになったものです。もちろん、この時点でご遺族からの許可はいただいていました。

さて、タイトルとなった『世界同時かなしい日に』のことです。私自身は選歌作業の真っ只中から「これしかない」と思っていました。とは言え共同編集なので、四人それぞれが別案を出してくる可能性もありました。ところが！ WEB会議アプリを利用して四人で話し合ったところ、さくっと『世界同時かなしい日に』と決まったのです。全員がこの案を出してきたかは忘れましたが、とにかくこのタイトルが良いという流れですいすい進んでいったのは間違いありません。私としてはこのタイトルに決まったことがいちばんの成果だったような気がしています。

世界同時かなしい日に雨傘が舗道の上をころがる制度のような驟雨

タイトルはこの歌から採られました。「制度のような驟雨」の制度が何なのかは示されていません。ただ、これはあくまでも一例ですが、日米安保体制や新自由主義的な諸政策といった日本の対米従属構造のように、抗っても抗っても既成事実として維持されてしまう社会の大きな制度全般として読めばいいのではないでしょうか。人物の姿は見えず、雨傘が風雨にさらされて「舗道の上をころがる」っている。くやしさ。無力感。かなしみ。それらが入り混じった感情が示唆されているように思えます。そう考えたとき、大声で主義主張をまくしたてることをしなかった山下さんらしい歌だと思えるし、何よりも詩性と社会性とを融合させた山下短歌の到達点と言っても過言ではない、と私は考えています。

社会性と言えば、山下さんと私にはこんなエピソードがあります。それは二人でリベラリズムについて雑談をしたときのこと。山下さんは学生運動出身。私は福田恆存と西部邁を意識した保守見習い。現在の政治文脈では相容れない関係です。それが分かった上で、私は思い切ってこんなことを言ってしまったのです。

「山下さん、平成になってリベラルを自称し出した人たちって本来のリベラルとは違うんじゃないですか？　これは90年代から考えていたことなんですけど、昭和のときの社会主義者がソ連崩壊後、リベラルに看板を掛け替えただけのように思えるんですが」

山下さんは思想に党派性を持ち込むことを嫌っていました。それを知っていたので、私もついついチャレンジしてしまったのですね。しかしながら、政治の話はとてもセンシティブ。これはまずかったかも……。すると、山下さんは少し上を向きつつ、しばらく考えたのちにこう言いました。

「そういう面はあるかもしれないなあ……」

山下さんの真意は分かりませんが、少なくとも党派性にこだわる人からこんな言葉は出てきません。リベラルは「寛容」を旨とする思想的立場。その意味から言えば、山下一路は真のリベラリストだったと思います。

最後に、歌集出版にあたりいろいろと相談に乗ってくださった書肆侃侃房の藤枝大さん、そして何よりも歌集出版を快く許可してくださった山下さんの奥様に心よりお礼申し上げます。

本歌集を通じて山下一路の短歌が多くの読者に届くことを楽しみにしております。

２０２４年９月

共同編者　飯島章友

著者プロフィール

山下一路（やました・いちろ）

１９５０年3月14日生。

中央大学在学中に全共闘に参加。闘争中なだれ込んだ校舎の壁に大書された福島泰樹の短歌を見たことが短歌との出会いとなった。

氷原短歌会に参加。

１９７６年に第一歌集『あふりかへ』（視原社）刊行。

その後は企業戦士となって夜討ち朝駆けの生活を送る。

50代なかば、過労によるものか心身を患い退職。短歌を再開。

２００６年　10月号から「かばん」に参加。

「かばん」を活躍の場としつつ、並行して２０１３年にはスワンの会にも参加。また、岡井隆の講座にも通うなど研鑽に努め、独自の表現を究めていく。

２０１７年『スーパーアメフラシ』（青磁社）刊行。

２０２３年3月28日　脳梗塞で緊急搬送。

２０２３年4月9日　永眠。享年73。

歌集　世界同時かなしい日に

二〇二四年十一月十六日　第一刷発行

著　者　山下一路
編　者　飯島章友・沢茱萸・高柳蕗子・土井礼一郎
発行者　池田雪
発行所　株式会社 書肆侃侃房（しょしかんかんぼう）
〒八一〇-〇〇四一
福岡市中央区大名二-八-十八-五〇一
TEL：〇九二-七三五-二八〇二
FAX：〇九二-七三五-二七九二
http://www.kankanbou.com info@kankanbou.com

編　集　藤枝大
ＤＴＰ　黒木留実
印刷・製本　シナノ書籍印刷株式会社

ISBN978-4-86385-647-9　C0092

世界同時かなしい日に

栞

ははぽちゃぽちゃ

坪内稔典

山下一路さんの歌集『世界同時かなしい日に』を心待ちにしている。というのも、高柳蕗子さんから、何か書いてください、とメールがあって、「エッ、山下一路って誰？」と思いながらも、「かばん」の亡くなった会員ということなので、なんとなく気になって、なんとなく何か書けそうに思って、なんとなく承諾したのだった。

「かばん」が出始めたころ、出るたびに送ってもらっていて、知人というか、大学のボクの研究室によく出入りしていた山崎郁子さんが「かばん」の会員として活動していて、そんなことも「かばん」への関心になっていた。もちろん、高柳さんや穂村弘さんへの関心もあった。ただ、山下さんは記憶になかった。

つぎつぎと夜のプールの水面を飛びだしてくる椅子や挫折が

南天をついばむ鳥を追うような残尿感で父は逝きたり

送るより送られる側でよかったとドライアイスではははぽちゃぽちゃ

インターネットで調べて山下さんの右のような歌に出会った。彼は一九五〇年の生まれのようだから、ボクの二番目の弟の世代だ。その弟と時々電話で話すが、お互いに用事だけしかいわない。

「親爺、鳥をおっぱらってるよ、毎日毎日」

「何の鳥?」

「ヒヨかなあ。南天の実を食べに来ている鳥よ」

「ふーん、おやじ、オシメしたままか」

「うん、はずせないよ、多分」

「そう、じゃあな」

「うん、また」

こんな調子である。あの世の山下さんに電話が通じたら、多分、同じような感じになるだろう。通じないとは思うがこっちからかけてみようか。

「ドライアイス、そっちにもある?」

「ある訳ないでしょ。こっちに」

「エッ、どうして」

「こっちは天国日和、空気中にバイキンはいません。ねんてんさんの好きなドキンちゃんもいませんよ」

「そうか、じゃ、酒も、酒粕を使ったあんパンもないね」

「はい、味噌も醬油も奈良漬けもないです。味噌が食べたいと思ったらたちまち皿に味噌がのっていますよ」

「ドライアイスでぽちゃぽちゃしたいと思ったら」

「ボールの水の中でドライアイスがさかんにぽちゃぽちゃしています。母はですね、入浴中にドライアイスでぽちゃぽちゃしたいと思ったらしく、先日、ドライアイスの風呂に入っていました」

「冷凍人間になりそう」

「いやいや、ぼくや母はもう人間ではないので冷凍したりはしません。母は頰を赤くしてドライアイスのなかでぽちゃぽちゃとはじけていました」

「山下さん。母上は可愛いけど、父上は」

「ええ、父には残尿があるのです。でも、ねんてさん、川端康成の『十六歳の日記』に尿瓶に受けた祖父の尿が谷川の水のようだった、とありますよね。こっちの父の残尿は谷川の水のように清冽です。飲めそうですよ」

　というような電話になるのだろうか。ともあれ、『世界同時かなしい日に』が届いたらあらためて山下一路さんに電話をしたい。

二周目の前に

伊舎堂仁

奥村晃作の【観覧車のてっぺんに見る景観は東武資本が拓きしランド】がある歌会で、〈ドライブ中に父親が言うくらいのおもしろいこと〉以上のもの、を短歌には最低限求めてしまう、という評をしたことがあるので、

ふたりの愛をたしかめに海に行く　むかし国営だった電車に乗って

（『スーパーアメフラシ』）

を好きなことが今、あの日の全員に気まずい。

どこかに向かう……歌に妙な味と、軽口《かるぐち》を叩くのをやめなさがあるよな。なんか常に。

地域限定の愛を探しに稚内を行く風に吹かれてスーパーにも寄る

家族を顧《かえり》みなかったボクが八階の料理教室に通う

状況説明の顔をしつつ、これはちょっとうけようともしている人間が言う【八階】だと、軽口の後輩としては断言する。こんな言い方もなんだけど、『世界同時かなしい日

に』は、はっきりと〈二周目からの歌集〉だ。初読ではこのおじさんが、なんなのか分からないまま、本が終わるだろう。ちょっとしたら、二周目に入るといい。何が言われているのかは、相変わらず分からないままだろう。しかしそこには〈まだ言ってんのかよ、このおっさん〉的読感《どっかん》がプラスされているかもしれない。このプラス分が、このおじさんの一行に「声」を持たせる。この「声」の連打がたまらなくなってゆければ、晴れてあなたは幸せな読者だ。

そんな二周目へのガイドとして、この栞文が役に立つと嬉しい。

わたしはロボットではありません。わたしには番号があります

メルカリでインコを買う年金受給期間より長寿のインコを

これから暈《ぼかし》の入った家族の映像がながれます思い浮かべて

ゴキブリの出てゆくまでを遠巻きにわが家の持てるすべての力

二本松ＩＣの男子トイレで掃除してたおばさんがボクの母です

（『スーパーアメフラシ』）

個人的には、〈三つの海〉を見逃してほしくない。【国営だった電車】の歌の海。そして初期歌編の

ぐりこ　ぱいなっぷる　ちょこれえと　もの凄い海をみにゆき

の海をなんとなくわすれないまま巻頭歌を見るとき、あなたに、何かが起こるかもし

れない。これからたくさん軽口を叩かれ、笑ったり、苦笑《にがわら》ったりの前に、一回ちゃんと泣かされる。

山下さん。

＊

①〈ドライブ中の運転席からの軽口〉のトーンに
②戦争観・メメントモリ・人生訓（しかし、そう呼ぶには奇妙な）が混ぜてあって
③なのに「軽口」のままである
歌業のあらかたが一冊になると、こういう読感を得るのだな。稀有な例の遺歌集化《か》を、我々は目にしたのかもしれない。

軽《かろ》みでもって最後まで駆け抜けた先達には「かばん」だと杉崎恒夫がいるし、口語の抜け感では岡井隆、暗喩の質感だと平井弘、「この人は本当に、どういうつもりなんだろう」の楽しさからはしんくわが連想される。連想先がそれぞれにある、とは、それぞれの作風の全てにおいて〈そこの王者ではない〉ということで、しかしそれが、この作者においては必ずしも悲しむべきことではない。〈王座〉とは、そこに当たっているピンスポのライトのことだ。軽口《ガヤ》なら暗い、周囲の暗いところから聞こえてくるほどたまらない聞こえを持つに決まっている。基本に忠実な575、7、7、で読めるようには書いててくれなさ、洗練されていかなさの執拗さ、とでもいうかによって、維持されてい

る軽口性《せい》がある。

鮭の焼いた皮がいちばん旨い人生の終わり頃になんとなくわかる

多摩zooのヌーは臭い夏の人間はそれより臭くもっと悲しい

社会には食うためだけの情熱や努力の後の盛り塩がある

その弊害として、引用、という〈ピンスポを当てる〉形で歌を語った場合、その魅力はどこか（私の）山下一路観とは一致しない、ということが起こる。ストレンジな人生訓……としても、先の3首のような歌は消費できてしまう。別にそれも歌の行方としては幸福な形かもしれない。しかし「声」の軽口性は、もっぱら付箋のつかない歌群によって成立している。つまり魅力の引用が困難である。

なんて厄介なものを置いていったんだ。

＊

〈運転席の父親〉とは、直接目の合うことがない。

どんな目で、それらのことは言われていたのか。もう、二重に、分からない。

軽口だけが聞こえてくる。